This project is sponsored by

Kern County Children
and Families Commission

Funded by Proposition 10

A la gran
hada madrina,
Maria Björnson

Título original:
The Fairy Catalogue

Adaptación:
Isabel Campos Adrados
© 2001 Orion Children's Books
Texto e ilustraciones © 2001 Sally Gardner
Primera edición en lengua castellana para todo el mundo
© 2002 Ediciones Serres, S. L.
Muntaner, 391 – 08021 Barcelona

ISBN: 84-8488-022-2

Fotocomposición:
Editor Service, S.L., Barcelona

Queridos amigos y amigas:

Os anunciamos con gran emoción que, gracias a un agujero en el tiempo, podemos al fin compartir con el mundo de los seres humanos

EL CATÁLOGO PARA HADAS

Así, damos nuestra CALUROSA BIENVENIDA a la gente menuda que, por primera vez, está usando *El catálogo para hadas*. Deseamos que lo encontréis tan útil como nosotras en el País de las Hadas. Sin él, ¡no podríamos contaros un cuento de hadas!

Creemos que, hasta el momento, ésta es nuestra mayor y mejor publicación. Os da todo lo que necesitáis para vuestros cuentos de hadas y ¡MÁS, MUCHO MÁS!

¿Cómo hacemos el catálogo? ¡Un centenar de hadas trabajan para nosotras! Todas hacen magias y maravillas. Han trabajado noche y día para sorprenderos y encantaros.

Las hadas que utilizan durante todo el año este catálogo saben cómo solicitar los pedidos, pero lo que tenéis que hacer vosotros, los jovencitos que lo usaréis por primera vez, es lo siguiente.

Este catálogo es MUY DISTINTO de cualquier otro de vuestro mundo y lo que le hace tan especial es que ¡NO NECESITÁIS MANDARNOS DINERO! Para solicitar cualquier artículo de nuestro tesoro de bienes preciosos, todo lo que tenéis que hacer es ¡DESEARLO! Pues, queridos niños y niñas, vuestra imaginación vale más que el oro de las hadas.

Vuestros sueños serán nuestra recompensa.

La Gran Hada

Recordad: ¡los deseos son GRATIS!

SerreS

Índice

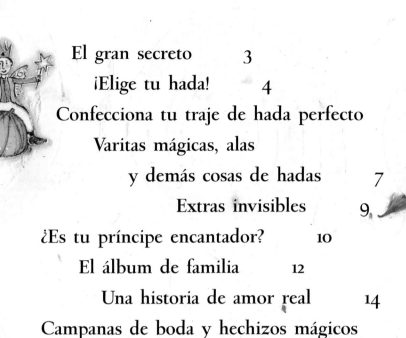

El gran secreto

AVISO IMPORTANTE

Hemos estado montando nuestro catálogo durante siglos. Como ésta es la primera vez que lo compartimos con el mundo de los seres humanos, pensamos que deberíamos contaros nuestro gran secreto.

Es sobre el tiempo.

Al comienzo de los tiempos, las hadas y los seres humanos vivían felices juntos. Jugaban y se divertían juntos. El tiempo era algo aburrido y sin importancia, y ni los humanos ni las hadas se preocupaban por él.

Entonces ocurrió la cosa más triste del mundo. Los humanos se pusieron a jugar con el tiempo, a ganar y perder tiempo y a marcar el compás. Y en un instante, el tiempo se volvió un ogro al que todos debían obedecer.

Pasó el tiempo y los seres humanos crecieron. Y con el tiempo se hicieron mayores, demasiado mayores para creer en hadas. Es el ogro del tiempo el que ha mantenido alejados nuestros mundos. Por eso, los humanos empiezan un cuento de hadas diciendo: *«Érase una vez, hace muchos siglos...»*, porque así recuerdan un tiempo en que el tiempo era sólo algo aburrido y sin importancia.

Así que éste es nuestro consejo para los pequeños humanos y humanas que utilizan este catálogo. Recordad que el tiempo aquí no importa.

Viajad con libertad. Viajad ligeros de equipaje.

¡Elige tu hada!

Tenemos el orgullo de presentaros una espléndida exhibición de hadas, ¡imprescindible para todos los aspirantes a príncipes o princesas y para cualquiera que cuente cuentos de hadas

El hada mala

Elígela entre una magnífica variedad. Fundamental para cualquier cuento de hadas.

El hada buena

Te ofrecemos sólo lo mejor. Es muy buena para los vestidos de fiesta, excelente para expulsar madrastas malvadas y esencial para los finales felices.

La reina de las hadas

Hay una sola reina de las hadas. Si le pides un deseo, tu vida podría cambiar.

El hada de los dientes
¡Piénsalo con antelación! Elige una hada de la que no te arrepientas en el caso de un diente flojo.

El hada etérea
Una hada actual para la vida moderna. Puede conseguir más espacio para tus cuentos. Una amiga muy útil cuando se está en apuros.

El hada de la travesía del canal
La elección perfecta para unas vacaciones o, sencillamente, para darse una vueltecita por Francia.

Las hadas del agua
Algunas tienen piernas. Algunas tienen cola. Y a algunas se las confunde con las sirenas.

El duende melenudo
Es maleducado. Le encanta el ruido. Tiene muy mal gusto para vestirse. Es uno de los favoritos de los gigantes.

Los duendes del fondo del jardín
Aquí hay más de los que se ven.

Confecciona tu traje de hada perfecto

¡Todo lo que necesitas es tu imaginación! Úsala para confeccionarte el vestido de hada perfecto y nosotras haremos el resto.

Flor, la modista de la Reina de las Hadas, y sus ayudantes
Ala de la Noche, Travesía, Fantasía y Cascarilla, trabajarán con aguja
y dedal para coserte el traje de tus sueños, y lo harán
con los materiales más finos que existen: seda de arañas, vilano,
encaje de telarañas y seda de nenúfares.
O puedes ir al baile de lo más elegante,
con tu encantador vestido ¡comprado ya hecho!

Elegid cualquier modelo y color que os guste.
Nosotras sólo os damos algunas ideas.
Lo demás, queridos amigos y amigas,
es cosa vuestra.

Varitas mágicas, alas y demás cosas de hadas

Qué usar con tu traje de hada perfecto.

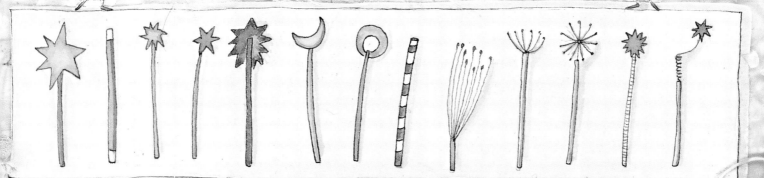

Varitas

¿Ha perdido tu varita el hechizo?
¿Ha perdido tu magia el poderío?
Hazla brillar otra vez con una de
nuestras varitas artesanales. Directamente
del taller del Gran Hechicero. De todos los tamaños.
Incluso la más pequeña puede hacer realidad tus sueños.

Alas

¿Se encuentran alicaídas tus alas?
No te preocupes, tenemos unas que hasta las mariposas
envidian. Elige la tuya de nuestro estupendo surtido de
alas que relucen,
alas que brillan
y alas que te darán una apariencia magnífica.

Zapatos de hada

Nota a la gente menuda: ¡los zapatos de las hadas son el secreto mejor guardado del País de las Hadas! ¡Nos ayudan a volar! Sin ellos, necesitaríamos alas más grandes.

Nuestros zapatos, hechos a mano por los duendes, son los más veloces del País de las Hadas. Las puntadas se han sellado una a una con magia, para que así los zapatos brinquen mejor. Elige entre las zapatillas de plumón de cisne, las botas de arco iris y los zapatos de baile de pétalos de rosa, para que tus pies se levanten del suelo.

Sombreros de hada

Ideales para la fiesta al aire libre de la Reina de las Hadas.

Bolsos mágicos

¡Tienen el tamaño exacto para que quepa tu varita!

Productos de belleza

Champú de pelo de hada
De la Colección de Rapunzel

¡Adiós al pelo lacio y sin brillo, bienvenido tu nuevo pelo dorado, con el champú de Rapunzel, de valor extraordinario! Viene en jarras de cincuenta litros, con acondicionador.

GRATIS y sin necesidad de ningún deseo añadido, un útil folleto sobre qué hacer con el pelo que siempre crece: incluye treinta maneras diferentes de trenzarlo, así como una guía paso a paso a la famosa escala de trenzas.

Esto es lo que dijo una de nuestras clientes satisfechas: *«Estaba encerrada en una torre y no había manera de escapar. Mi pelo me fallaba, hasta que usé el Champú para pelo de Hada. Enseguida mi pelo brilló tanto, que mi príncipe lo vio y me rescató.»*

Crema de noche Los 100 años

Mantendrá la apariencia suave y elástica de tu piel hasta que llegue tu príncipe. PROMETEMOS que, con nuestra crema, no parecerás ni un día mayor que cuando te dormiste por primera vez.

Gafas de hada

Estas gafas rosadas te ayudarán a ver lo que no está (o a ver Extras invisibles, abajo). Si por un acaso no funcionan, te enviaremos un nuevo par a toda prisa, ¡sin hacerte preguntas!

Sobre su calidad: las molduras de nuestras gafas están hechas de oro de las hadas, que proviene del corazón de la montaña mágica. Los cristales son un secreto comercial.

«No podría trabajar sin ellas»
SALLY GARDNER, una cliente satisfecha

Extras invisibles

Busca entre esta página y la siguiente nuestro amplio muestrario de relojes, sombreros, varitas, etc., todos invisibles. Lo lamentamos, pero sólo podemos proporcionar estos artículos a los que usan gafas rosadas (véase arriba).

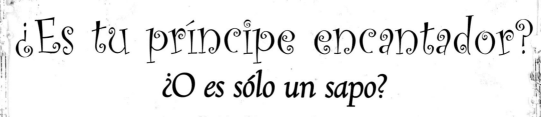

¿Es tu príncipe encantador?

¿O es sólo un sapo?

Responde (a), (b) o (c) a las preguntas.
Las respuestas correctas se encuentran abajo.

Estás en los Jardines Reales, jugando con una pelota dorada, cuando ves un sapo sentado junto al estanque. El sapo:

a) ¿lleva una corona?
b) ¿se está trenzando el pelo con un tallo de hierba?
c) ¿es verde, sin más?

Se te acaba de caer la pelota dorada en el estanque. Tu sapo:

a) ¿te pregunta si te la puede devolver?
b) ¿te la busca si le prometes un beso?
c) ¿va y se esconde bajo la hoja de un lirio de agua?

Estás cenando con tu familia y tus amigos, cuando el sapo se entromete. El sapo:

a) ¿te pone en evidencia, al decir que no has mantenido tu promesa?
b) ¿salta por toda la mesa?
c) ¿intenta comer del plato de todos?

A tu padre, el rey, no le gusta que hayas roto tu promesa. Insiste en que la mantengas. El sapo:

a) ¿dice que no tiene importancia?
b) ¿está de acuerdo con tu padre?
c) ¿prefiere dejar la mesa y regresar al estanque?

El sapo se está volviendo cada vez más desagradable.
Han pasado tres días y todavía no lo has besado. El sapo:

a) ¿te dice que te ama?
b) ¿te pide un espejo para admirarse la sonrisa?
c) ¿se sienta en la ventana a cazar moscas?

Cuando por fin besas al sapo, él:

a) ¿sabe como el agua de fregar los platos, después de usada?
b) ¿se pone a croar en tu cara?
c) ¿se vuelve el príncipe de tus sueños?

6c, 5a, 4b, 3b, 2b, 1a

Todos los que tengáis las respuestas correctas, ¡volved a la página seis para el vestido de vuestra vida!

Todos los que tengáis las respuestas equivocadas, ¡lo siento! Todavía estáis en la etapa de renacuajos.

El álbum de familia

Vas a necesitar una familia para tu cuento de hadas y hemos buscado en todo el País de las Hadas para traerte ¡lo peor! ¡Todo a precios rebajados! ¡No tienes que desear mucho para conseguir a cualquiera de ellos!

NOTA: Existen familias encantadoras, por supuesto, pero ¿qué gracia tiene un cuento de hadas sin un padre malo o desesperado? Y también te hará falta una madrastra malvada. Recuerda: ¡cuanto peor sea ella, mejor será el final feliz!

He aquí un saldo desgraciado de:

papás espantosos

mamás ausentes

hermanas rencorosas

hermanos patanes

abuelitas gruñonas

madrastras crueles

El hada madrina

Lista de parientes que te van a hacer falta para los siguientes cuentos de hadas. ¡Puedes pedirlos a todos con el *Catálogo de las Hadas!*

Cenicienta

Dos hermanas feas, un padre inútil, una madrastra desagradable y un hada madrina de la mejor calidad.

La Bella y la Bestia

Un padre amoroso y dos hermanastras celosas.

La Bella Durmiente

Una madre atontada, un padre y doce madrinas adorables y un hada perversa.

Hansel y Gretel

Un padre débil y una madrastra mala.

Los zapatos gastados de tanto bailar

Un padre estricto y doce pares de zapatillas con agujeros en las suelas.

Una historia de amor real

El hada mala

En el bautizo de la Bella Durmiente, un hada mala (que ni siquiera había sido invitada) les dijo al rey y a la reina que, cuando la Bella Durmiente cumpliera dieciséis años, se pincharía el dedo en una rueca y se moriría.

El pánico cundió entre los presentes. El hada mala desapareció en una nube de humo. La reina rompió a llorar. El rey se quedó blanco. Un buen número de cortesanos se desmayaron.

El hada buena

Por suerte, una de las hadas madrinas todavía no había presentado su regalo a la recién nacida. Como era un hada joven, aún no tenía el poder suficiente para deshacer la magia del hada mala, pero sí pudo modificarla para que la princesa no muriese y sólo se quedase dormida durante cien años.

La rueca

El rey prohibió las ruecas en todo el país, todas menos una, que se quedó olvidada en una habitación de la torre del castillo. La Bella Durmiente la encontró en su decimosexto cumpleaños. Se pinchó el dedo y cayó profundamente dormida. Todas las demás personas que estaban en el castillo también se durmieron.

El castillo olvidado

El hada buena también había hechizado el castillo, para que se quedara oculto hasta que hubieran pasado los cien años. Un gran bosque de espinos lo rodeó, de forma que resultaba imposible que alguien llegara hasta él.
Después de unos años, la gente se olvidó del castillo.

El Príncipe

Se olvidaron, pero sólo hasta que nuestro príncipe salió de caza y vio una torre en ruinas en medio de una maraña de espinos. Los espinos se apartaron cuando él se acercó y el príncipe se dirigió al castillo encantado...

La Bella

El príncipe entró en el castillo. Se asombró al ver que el rey, la reina, los cortesanos, los cocineros, los perros y los gatos se habían quedado dormidos donde estaban. Siguió adelante y se encontró con la Bella Durmiente tendida en una cama de oro. El príncipe se sintió tan arrebatado por la belleza de la princesa que se olvidó de las buenas maneras y...

El beso

¡Y la besó! La princesa se despertó. El rey, la reina, los cortesanos, los cocineros, los gatos y los perros también, y siguieron con sus asuntos como si nada hubiera pasado. El bosque de espinos desapareció y el castillo volvió a parecer tan mágico como cien años antes.

La boda

En cuanto al príncipe y la princesa, decidieron casarse enseguida.

¡Y vosotros estáis invitados a la boda!

(véase página 16)

Campanas de boda y hechizos mágicos

¡Eso es lo que todos y todas habéis estado esperando!
Tenemos un auténtico regalo para vosotros: ¡estáis invitados a nada
menos que CINCO bodas de hadas! No tenéis que escoger una,
¡podéis ir a las cinco! Sólo tenéis que desearlo y estaréis allí.
Para elegir vuestro traje perfecto, volved a la página 6.

Los vestidos de boda los han dibujado Flor, la modista real,
y sus pequeñas ayudantes, que son prodigiosas con la varita y el dedal.

La boda de Cenicienta

Una boda llena de encanto, que tendrá lugar en el famoso salón de baile
de cristal, con mil arañas de cristal colgando del cielo estrellado de la noche.
Verás a las hermanas feas y a la madrastra de Cenicienta.

La boda de la Bella Durmiente

Despiértate para el desayuno de boda perfecto, en un castillo
engalanado con rosas y gasas. Serán siete días y siete noches de fiesta,
con una espectacular exhibición de fuegos artificiales de hadas incluida,
a la que asistirá la Reina de las Hadas en persona.

La boda de la princesa real

Hay muy pocas plazas disponibles para esa recepción
íntima que tendrá lugar en el Gran Salón. Se solicita que
vistas de color verde guisante. La novia llevará un ramo
de guisantes de olor y, por supuesto, en el menú habrá
sopa de guisantes. Participa en el juego de Buscar el Guisante.

La boda de Blancanieves

Tendrá lugar en un claro del bosque, en un nevado día de invierno.
Será un acontecimiento campestre organizado por siete enanitos,
que han hecho todo para proporcionar a Blancanieves la boda de
sus sueños. Los árboles, engalanados con diamantes, centellearán,
y están invitados todos los animales del bosque.

La boda del príncipe sapo

Habrá un baile de disfraces en los jardines reales. Se obsequiará a todos los participantes con sapos
de mazapán y pequeñas pelotas doradas. Unos barcos llevarán a los convidados a través del lago hasta
una isla iluminada por luciérnagas, donde podrás bailar toda la noche con la música de los escarabajos.

Recuerda: no necesitas un príncipe para tener una boda (aunque ayuda).
¡Garantizamos los finales felices!

Amigos íntimos

¿Necesitas un amigo con quién hablar? ¿O un poco de la vieja magia animal? Entonces, esto es para ti.
Hazte con un amigo, deprisa, ¡antes de que los cojan a todos!

Tres cerdos

Llévate uno o los tres.
Es difícil encontrar un grupo de
cerditos más simpático. Los tres hermanos
se dedican al ramo de la construcción.
El más joven acaba de ganar un premio
con su casa a prueba de lobos.

Gatos

Tenemos una amplia selección de gatos para
distintos cuentos. Recomendamos especialmente
el Gato con Botas, el príncipe de los gatos.
Es un gran cuentacuentos y muy bueno
en salirse de aprietos. Tiene nueve vidas.
¡Con este gato, podrías ir a muchos sitios!

ATENCIÓN
CUIDADO CON LOS GATOS BARATOS QUE FINGEN SER GATOS CON BOTAS.
Sólo el nuestro es el auténtico.

La Gallina de los huevos de oro

Pone un huevo de oro a la semana. Cuidado con las imitaciones: ¡sólo este catálogo puede ofrecerte la AUTÉNTICA gallina de los huevos de oro!

La gallinita

Es una buena cocinera y se hornea su propio pan. Siempre está buscando a un amigo que la ayude.

Sapos

¡La inversión vale la pena! No olvides que alguno podría ser un príncipe. (Si no, hay otros sapos amigos en las páginas 10 y 11.)

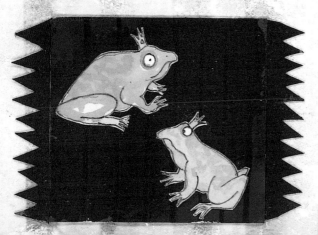

Perros

Este año, sólo durante un breve período, estamos encantados de ofrecerte no sólo uno, sino TRES perros extraordinarios.

Modelo 1
Un perro con ojos grandes como platos.
Vigilará tu hucha.

Modelo 2
Un perro con ojos grandes como ruedas de molino.
Vigilará la plata de la familia.
Necesita dar muchos paseos.

Modelo 3
Un perro con ojos grandes como atalayas.
Si tu perro es éste, vigilará todo lo que quieras.
AVISO: no le dejes saltar y lamerte la cara.

Siete enanitos

Son amables, atentos y alegres, y ¡nos quedamos cortas con los elogios! Te protegerán
hasta la muerte. Puedes confiar en ellos para librarte de madrastras malvadas
y para mantenerte a salvo hasta que llegue tu príncipe.
ATENCIÓN: no se pueden pedir por separado.

Unicornios

Los unicornios son muy escasos y muy deseados.
¡Estamos encantadas de poder ofrecerte el mejor
y el único que queda! Es un poco tímido
y no le gusta el ruido, pero si lo tratas
con cariño te recompensará.

Gigantes amistosos

Como sabrán los lectores y lectoras habituales de
este catálogo, tenemos normalmente un gran
surtido de Gigantes Amistosos. Este año, a causa
de la fabulosa oferta de perros, hemos tenido
que reducir la de Gigantes Amistosos por falta
de espacio. La Gran Hada pide disculpas
a cualquier gigante que se sienta excluido.

Los mejores malos

...os cuantos malvados para animar tu cuento de hadas! ¡Escoge los que quieras!

¡Se garantiza su fiereza! Ofrecemos: lobos vestidos
...os con la bata de la abuelita, lobos que soplan
...obos vestidos con ropa barata.

El Zorro Astuto

...vestido de los bosques. ¡Los patos y
...berán tener cuidado con este apuesto
...capaz de erizarle las plumas a cualquier

Brujas malísimas

¡Una selección verdaderamente fantástica! No aceptes
otras peores: ¡vete a lo peor de todo, sin que
importe cuántos deseos te cueste! Todas nuestras
brujas pueden encerrar a princesas en torres, ofrece
manzanas envenenadas y volar en el palo de una
escoba.

Gigantes espantosos

¡Detalle encantador en cualquier cuento de hadas! Elige entre: el gigante con mal genio, el tuerto, el que hace temblar la tierra, el que parte una casa y el ogro que toca el arpa.

Sapos

Te hará falta uno para tu bruja.
ATENCIÓN: ¡esos sapos pueden ser fatales!

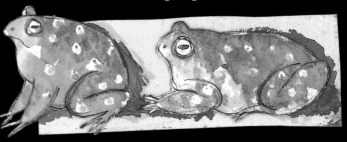

Dragón

Es inestimable para encender el entusiasmo en un cuento viejo.

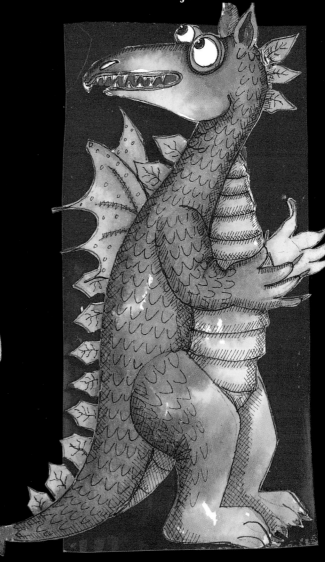

23

Mobiliario de hadas

¡No tardes, idesea hoy todo lo que necesitas para tu casa!

Camas

La cama de la Bella Durmiente
Con colchón a prueba de espinos.
Cien años de garantía.

La cama de la abuelita
Perfecta para recibir a lobos,
leñadores y nietecitas.

La cama de Blancanieves
Para uso al aire libre.
Hecha de cristal.

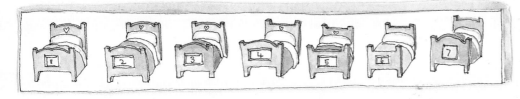

Las camitas de los siete enanitos
Siete camas idénticas de tamaño pequeño, muy
cómodas. Disponibles sólo con el juego completo.

Camas para osos
Una cama muy
grande para Papá
Oso, una cama de
lujo de tamaño
mediano para Mamá
Osa y una cama
chiquitina para
el Osito.

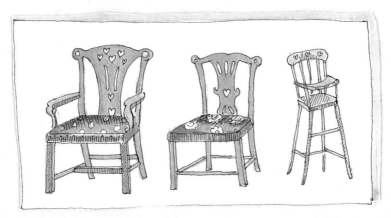

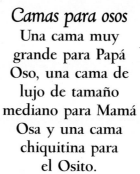

Sillas

Sillas para osos: una silla muy grande para Papá Oso, una silla de lujo
de tamaño mediano para Mamá Osa y una silla chiquitina para el Osito.

Lámparas mágicas

Completas, con su propio genio. Tienes
que frotarlas para que tu deseo se haga realidad.

Espejos mágicos

Espejito mágico, espejito de oro: ¿quién es la más bella
de todas? ¡TÚ, por supuesto! Pide ahora tu deseo y
escoge un espejo entre nuestra encantadora variedad.

Calderos

Para cocinar pócimas. Para hacer nuestros pasteles
especiales de hada, mira en la página 26.

Ruecas

Para cambiar tu futuro e hilar oro. Aviso: sólo son
adecuadas para los contadores de cuentos avanzados;
te puedes pinchar el dedo. Mira en la última página
de este catálogo para deshacer cualquier equivocación.

Relojes

Escoge un reloj que sólo dé la medianoche,
o uno que se repita, o incluso ¡uno que haga
que el tiempo se pare!

Cestas para merendar en el campo

Para las fiestas de hadas en los claros del bosque. Para
la comida para las cestas de hadas, mira la página 26.

Comida de hadas

¡Encantadoras recetas para ti!
¡Hechizos mágicos para hacer pasteles!

Tarta de hadas

10 rosas de azúcar
1 taza de bellota de polvo de hadas
1 huevo de oro puesto por una gallina de oro
2 tazas de bellota de harina molida por un ogro
1 taza de bellota de mantequilla de botón de oro
vainas rosa de duendecillos

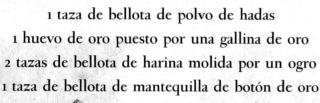

☆ Aplasta las rosas de azúcar en un bol.

☆ Añade la mantequilla de botón
de oro y el polvo de hadas.

☆ Bate la mezcla con tu varita.

☆ Casca el huevo de oro sobre la
masa y añade con cuidado la harina.

☆ Vierte la mezcla en tazas de hadas,
pincha en lo alto de cada una las vainas
rosa de duendecillos y cuécelas en el
horno de los Siete Enanitos.

☆ Cuando los pasteles estén listos,
cómetelos deprisa, antes de
que salgan volando.

Galletas centelleantes

1 tarro de estrellas
2 bloques de rosas
1 huevo pequeño puesto por una gallina roja pequeña
1 puñado de la harina que levanta duendes
Una pizca de centelleos de hadas

☆ Bate la mantequilla hasta
que esté espumosa.

☆ Añade la harina que levanta duendes.

☆ Pide a las estrellas
que salten del tarro al bol
(pueden ser temperamentales).

☆ Añade entonces el huevo y las rosas
picadas, y remueve la masa con un
tenedor con dos dientes anchos
y uno puntiagudo y curvo.

☆ Vierte la mezcla en un molde para
galletas, espolvorea los centelleos
sobre la masa, pon tu varita a 180°
y deséalo dos veces.

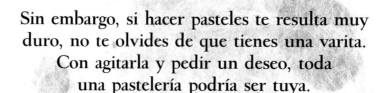

Sin embargo, si hacer pasteles te resulta muy
duro, no te olvides de que tienes una varita.
Con agitarla y pedir un deseo, toda
una pastelería podría ser tuya.

Calabazas y carrozas

Ve a todas partes y llega con toda comodidad

Con nuestros medios de transporte, podrás ir a todas partes y llegar con la mayor comodidad.

Calabazas

SOLICITA AHORA un sobre de semillas de calabaza y un ejemplar del *Manual de bolsillo de los cultivadores de calabaza*. Cuando la calabaza termine de crecer, podrás transformarla en una carroza, como Cenicienta.

Escobas

De todo tipo, desde las escobas clásicas de toda la vida hasta el ultimísimo modelo.

Alfombras mágicas

Lo último en velocidad y comodidad: ¡salieron de la investigación de las brujas sobre colores que vuelan! Te pueden llevar a dar la vuelta al mundo y traerte de vuelta.

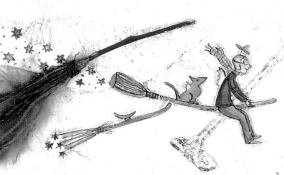

Botas de Siete Leguas

En siete colores distintos y de todas las formas y todos los tamaños.

Libélulas, mariposas y caballos marinos

¡Tenemos una selección encantadora!

Campanas de plata y cáscaras de nuez

Todo lo que necesitas para tu jardín.

La luna

A causa de la gran demanda, sólo podemos ofrecer este artículo UNA ÚNICA VEZ. Descubrirás que a los príncipes les gusta usarla como telón de fondo cuando hacen esta importante pregunta: «¿Quieres casarte conmigo?»

Cielo muy, muy estrellado

Pega bien con la luna.

El sol

Puede hacer que hasta el cuento más aburrido brille con esplendor.

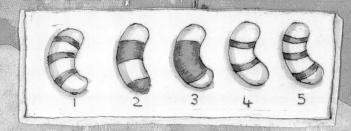

Cinco habichuelas mágicas

¡Si no se transforman en una mata gigante, te devolveremos el dinero! El envase no está incluido. *Modo de usar:* tíralas por la ventana. Para obtener mejores resultados: que tu madre las tire cuando esté muy enfadada contigo.

AVISO: los proveedores de las habichuelas no se responsabilizan de la puesta de huevos de oro, arpas mágicas u ogros con mal genio. Recomiendan que se tenga siempre a mano un hacha.

Pozo de los deseos

Imprescindibles para los que se sienten a veces un poco bajos de magia. Sólo tienes que llenar el cubo de deseos y tus sueños se harán realidad.

Granos de cebada

¡Uno de nuestros artículos con más éxito!
Cómo usar: plántalos en una maceta vieja. Al día siguiente sin falta, ¡tendrás una flor! Dale un beso en la punta. ¡Ya está! Los pétalos se abrirán y te encontrarás con una niñita dentro.

Un paquete de guisantes

¡Descubre si eres una auténtica princesa!
Cómo usar: pon sólo uno de nuestros guisantes ultraresistentes debajo de cuarenta y dos colchones. Cualquier princesa que duerma en ellos se despertará llena de cardenales. Esto es lo que dijo un cliente satisfecho: *«Estábamos teniendo muchísimas dificultades para encontrarle una princesa auténtica a nuestro hijo. Probamos entonces uno de vuestros asombrosos guisantes. Después de una sola noche, ya no teníamos dudas de que nuestro hijo había encontrado una princesa perfecta. No podíamos desear un final más feliz»*

AVISO SANITARIO:
Esos guisantes no deben usarse con menos de cuarenta y dos colchones. Mantenerlos fuera del alcance del jardinero.

Un nogal

No produce nueces, pero es fantástico para dar una nuez moscada de plata única y también una pera de oro preciosa. ¡No nos preguntes cómo! Nuestras hadas, siguiendo una receta secreta, han trabajado duramente a lo largo de mucho tiempo y han cantado durante siglos para perfeccionar este arbolito. Lamentamos tener que decir que ahora ¡SOLO NOS QUEDA UN NOGAL! Parece que todos los demás se han enviado a la hija del Rey de España. Por tanto, ¡solicítalo ahora para no perdértelo!

Rosas

El regalo perfecto. Utiliza nuestro

SERVICIO INTERHADAS

y ¡envíale hoy mismo un ramo a una princesa!

Casas de ensueño

¿Es muy fantástica tu imaginación? ¿Cuál es la casa de tus sueños?
Participa de nuestro PROYECTO DE CONSTRUCCIÓN CON DESEOS
y podrás tener exactamente lo que quieras. ¡Tienes toda libertad para aumentar
y mejorar cualquiera de las casas de abajo para adaptarla a tus necesidades!

Un zapato para familias
de todos los tamaños.

Una casa que puede volar.

Un castillo para un ogro.

Una torre para una princesa.

Una sabrosa casa
de pan de jengibre.

Una calabaza un poco apretada.

Una extravagancia para hadas.

La casita de los Siete Enanitos.

Un escondrijo secreto.

La casa de la abuelita.

Una casa en una seta.

Una mansión con salón de baile.

Una casa para un vuelo de fantasía.

Un castillo para los finales felices.

Una casa en lo alto de un árbol.

31

La librería de las hadas

Tenemos una gran colección de libros de cuentos de hadas.
Si quieres conocer los detalles de tus cuentos favoritos
y saber si tienen un final feliz, sólo necesitas
desear lo que quieras. Podemos proporcionarte:

La Bella y la Bestia • Cenicienta
El gallo, el ratón y la gallinita roja • Hänsel y Gretel
Ricitos de Oro y los tres ositos • Juan y las habichuelas
mágicas • Juan, el matador de gigantes • Caperucita Roja
La princesa y el guisante • El gato con botas • Rapunzel
La Bella Durmiente • Blancanieves y los siete enanitos
Los tres cerditos • Pulgarcita • El encendedor de yesca
Los zapatos gastados de tanto bailar • ¡y muchos más!

Pero recuerda: ¡los cuentos de hadas
que más nos gustan son los que has hecho tú!

Un hechizo especial para ti

¿Se escucharán tus deseos? La respuesta es, sencillamente, sí.
Podemos recoger tus deseos, desde el más pequeñito hasta el más atrevido.
Así que no te preocupes, pide hoy tus deseos y déjanos todo lo demás
a nosotras. No te decepcionaremos. Recuerda, ¡los deseos son gratis!

Esperamos que *El catálogo de las hadas* haga que todos tus deseos
se vuelvan realidad. Si las cosas se desmadran (lo que puede ocurrir con facilidad)
no te preocupes: he aquí un hechizo para que todo lo malo desaparezca.

¡Sólo tienes que decir la palabra al revés!